Friedrich Mayer

Die interessantesten Choerlein an Nürnberg's Mittelalterlichen Gebäuden

Anatiposi

Friedrich Mayer

Die interessantesten Choerlein an Nürnberg's Mittelalterlichen Gebäuden

Unveränderter Nachdruck der Originalausgabe von 1850.

1. Auflage 2023 | ISBN: 978-3-38240-026-2

Anatiposi Verlag ist ein Imprint der Outlook Verlagsgesellschaft mbH.

Verlag: Outlook Verlag GmbH, Zeilweg 44, 60439 Frankfurt, Deutschland
Vertretungsberechtigt: E. Roepke, Zeilweg 44, 60439 Frankfurt, Deutschland
Druck: Books on Demand GmbH, In de Tarpen 42, 22848 Norderstedt, Deutschland

Die

INTERESSANTESTEN

CHOERLEIN

an

NÜRNBERG'S

MITTELALTERLICHEN GEBÄUDEN.

Vierundzwanzig Abbildungen

mit erläuterndem Texte

von

D. FRIEDRICH MAYER,

NÜRNBERG.

P. C. Geissler.

Campescher Druck.

Selten hat sich wohl in einer Stadt der altdeutsche (gothische) Baustyl so rein ausgedrückt erhalten, wie in Nürnberg, wo auf jedem der öffentlichen Plätze, in jeder Strasse die interessantesten Ansichten für künstlerische Darstellungen zu finden sind, die denn auch billigerweise zu mancherlei Abbildungen benützt wurden. Ebenso sind auch viele öffentliche und Privat-Gebäude Gegenstand artistischer Aufnahme geworden und trotz der vielen durch die heut zu Tage zu Gebote stehenden technischen Mittel der Vervielfältigung verschiedenen Aufnahmen, ergeben sich für den Künstler, der nur etwas gewandt im Aufsuchen ist, stets neue Vorwürfe, welche eine öffentliche Verbreitung gleich ihren Vorgängern vollkommen verdienen. Für Künstler und Kunstfreunde, für Architekten, Geschichtsforscher, Archäologen u. s. w. sind solche Abbildungen besonders wünschenswerthe Gegenstände, das Erscheinen jeder neu veranstalteten Sammlung rechtfertigt sich desshalb von selbst, und kann dem Unternehmer nur Ehre machen. Das ist denn auch der Fall bei der Herausgabe der Abbildungen der in mehr oder minder reinem gothischen Style gehaltenen sogenannten „Chörlein", wie man sie auch in einzelnen norddeutschen Städten, in der Menge aber nur in Nürnberg gewahrt, und welche hier gleichsam die Balkone vertreten, die in italienischen und spanischen und vielen neueren deutschen Städten so häufig vorkommen und in der Novellen- und Roman-Literatur eine beliebte Rolle spielen und den Autoren so manche Verlegenheit in Bezug auf die Erfindung pikanter Scenen ersparen. Gleichwohl kommt der Balkon an mehreren neueren im modernen oder auch nachgealmt gothischen Style in Nürnberg ebenfalls vor.

Man kann die Vergrösserungen und Erweiterungen, die Nürnberg in verschiedenen Jahrhunderten erfahren hat, recht genau verfolgen und das

Unregelmässige, Winkliehte und Schmale mag in der ersten Zeit der Stadt-Existenz noch weit mehr darin bestanden haben, als heut zu Tage, wenn gleich sein jetziger Bestand immer noch gewaltig von dem Schnurgerechten, Ermüdenden abweicht, das bei den gegenwärtigen Bauten vorgeschriebenermassen in Anwendung kommt. Vor Zeiten mögen wohl die jetzigen breiteren Strassen Nürnberg's zumeist Plätze gewesen seyn, wie man auch schon aus ihren Benennungen schliessen kann, z. B. Rossmarkt statt Adlerstrasse, Fischbach statt Karolinenstrasse, Unter der Veste statt Burgstrasse, Bei'm Spittlerthor statt Ludwigsstrasse u. s. f. Auch das Abbrechen von alten Kirchen und anderen Gebäuden trug zur Erweiterung mancher Strasse bei, und dass eine Gasse auf der Lorenzer Seite vorzugsweise die „breite" geheissen ward, das mag einen Anhaltspunkt geben, was man in Betracht der Strassen vorzeitig für breit hielt. Man nimmt wohl nicht unrichtig drei Hauptvergrösserungen Nürnberg's an: in der Mitte des elften Jahrhunderts in der Nähe der Burg auf dem nördlichen Ufer der Pegnitz. Von der Burg zum Thiergärtnerthor, die Zisselgasse (jetzt Albrecht-Dürer-Strasse) herab, über die Füll, durch die Dielinggasse (jetzt Theresienstrasse) hinter dem Tetzel hinauf, über den Panierplatz bis zur Burg zurück. Vom ersten Drittel des zwölften Jahrhunderts an begann die zweite Ausschlag gebende Vergrösserung der damals schon reichsunmittelbaren Stadt Nürnberg, die sich auch auf das südliche Pegnitzufer ausdehnte. Die Gränzen nach dieser zweiten Erweiterung zogen sich von der Burg nach dem Froschthurm, den Webersplatz herunter zu dem Lauferschlagthurm, einem Stadtthore, von da den Schiessgraben hinab, durch die neue Gasse auf sieben Bogen über die Pegnitzarme (von woher noch der Schuldthurm übrig ist), den Katharinengraben hinauf zu dem Hallgebäude, Zeughaus und Färbersbrücklein nach dem weissen Thurme, dem ehemaligen Stadtthore auf dieser Seite. Von da zog sich die Gränze gegen das Waitzenbrauhaus und Unschlitthaus hinab, über die Pegnitz zu dem halbrunden Thurme, der durch zwei Bogen mit dem jetzigen Landgerichtsgefängniss verbunden ist, nach der Füll, durch die Albrecht-Dürer-Strasse bis zum Thiergärtnerthore und von da zu dem Schlosse zurück. Die dritte Erweiterung geschah von der Mitte des vierzehnten Jahrhunderts bis zu dem ersten Viertel des fünfzehnten Jahrhunderts, in welcher Periode Nürnberg seine jetzige Gestalt erhielt, mit Ausnahme der nach jenen Zeiträumen entstandenen Bauten bis zu unseren Tagen herauf. Die massenhaften runden Thürme am Laufer-, Frauen-, Spittler- und Neuenthore stammen aus der Mitte des sechszehnten Jahrhunderts, wo sie der Fehden wegen, welche die Stadt mit dem Markgrafen von Brandenburg, Albrecht (Alcibiades) führte, aufgebaut wurden, damit man von ihren Kanonenböden herab, aus grossen Feldschlangen, welche durch eigene Vorrichtungen emporgewunden wurden, die Gegend bestreichen konnte.

Aus der Bauart der Häuser lässt sich mit vieler Gewissheit auf die Zeit ihrer Entstehung schliessen, und da zeigt sich denn wiederum ein merklicher Unterschied zwischen den Häusern der Gewerbsleute und jenen, die den Geschlechtern zugehört hatten. Diese alten Häuser weisen aber alle weder den ordnenden Sinn wohnlicher Bequemlichkeit, noch die berechnende Vertheilung des Raumes und die Ersparung desselben auf. In vielen von den älteren grossen Gebäuden muss man staunen, wie wenige Gelasse sich darin befinden, und wie der meiste Raum auf die Vorplätze und lange öde Gänge verwendet worden ist. Die jetzigen Besitzer suchten zwar öfter in die alten Anlagen moderne Renovationen einzufügen, allein diese Versuche gelangen in äusserst seltenen Fällen ganz, in anderen Fällen wäre es Jammerschade gewesen, das Alte durch Modernes zu ersetzen, was namentlich von vielem künstlich gefertigtem Täfelwerk, von alten Thürschlössern u. s. w. gilt, die von der meisterhaften Technik der vorzeitigen, mit der Kunst Hand in Hand gehenden, Gewerbe ein bündiges Zeugniss geben. Ganz der Gegensatz der grossen Häuser sind jene schmalen zwischen andere hineingezwängten oder auch Strassenecken bildenden Häuser, die in jedem Stockwerke nur zwei Fenster enthaltend, hoch in die Luft emporgebaut sind und deren innere Eintheilungen den jetzigen Lebensansprüchen fast gar kein Genüge mehr zu leisten vermögen. Der schon von langen Jahren her gerühmte Witz der Nürnberger hat mehreren dieser Häuser eigene drollige Benennungen gegeben, die sich im Munde des Volkes von Generation zu Generation übertragen.

Die ersten Häuser der deutschen Städte mögen jämmerliche Bilder, unseren heutigen Wohnungen gegenüber, gewesen seyn. Auch in späterer Zeit baute man noch mangelhaft, meist nur auf Kirchen und andere heiligen Gebäude, Burgen, Rathhäuser, besonders Bedacht nehmend. Mehrere Häuser in Nürnberg zeigen noch die Eigenschaften kümmerlichen Bestandes, wie sie im vierzehnten Jahrhundert bewohnt wurden. Aus Fachwerk aufgeführt, (Balken mit unregelmässigen Steinbrocken ausgefüllt und mit Mörtel überzogen) dunkel röthlich angestrichen stehen sie an verschiedenen Orten der Stadt unter ihrer übrigen Umgebung wie müde Greise, theilweise mit vorgebeugtem Haupte. Das Albrecht - Dürer - Haus möchte ein sachdenkliches Beispiel der Art liefern, obgleich der Typus hiefür noch in anderen Exemplaren zu suchen ist, von denen erst vor einigen Jahren auf dem Maxplatze eine Originalität abgebrochen wurde. Massiv aus Steinen gebaute Häuser waren im vierzehnten Jahrhundert eine so grosse Seltenheit, dass sie in den Urkunden ausdrücklich als solche bezeichnet wurden, wie die 1457 über den Fluss geführte jetzt Maximiliansbrücke benannte Brücke, im Gegensatz zu den übrigen hölzernen, die „steinerne" geheissen ward. Bei den gemachten Fortschritten der Architektur und der Auffindung ergiebiger Steinbrüche verschwanden nach und nach die Häuser mit Fachwerk, die nur ökonomische Rücksichten, vielleicht auch Liebe zum Alten noch hie und da beibehielt.

Das fünfzehnte und sechszehnte Jahrhundert, in welchen die Züge des Mittelalters noch so scharf ausgeprägt waren, wo sich in dem blanken Schild des Ritterthums so viel Bewegung und Stillstand, so viel Glaube und Aberglaube, so viel Phantasie des Gemüths und Schwärmerei, so viele zarte Empfindungen und rohe Sinnlichkeiten, überhaupt eine so oft besungene und so oft geschmähte Welt spiegelte, sie waren es auch, welche die Architektur bis zu den kleinsten Ornamenten herab in reinem Style erhielten; was bis gegen das Ende des sechszehnten Jahrhunderts schon merklich durch Vermengungen verschiedener Style verlor. Aus jenen Epochen stammen denn auch die meisten jener Häuser, die dem guten Nürnberg eine so entschiedene Physiognomie, einen so grunddeutschen Charakter verleihen. Die hohen Satteldächer mit den Wetterfahnen, Morgensternen und emporragenden Schornsteinen darauf, die aufstrebenden Giebel und die ganz eigenthümlich gestalteten Erker und „Gutzlöcher", die in neuerer Zeit in Belvederen übergingen, dann die malerisch an diesem oder jenem Hause oben am First angebrachten Eckthürmchen, so wie die bereits oben angeführten Chörlein über den Haupteingängen, diese Abwechslungsfülle gothischer Bauart, sie ist es hauptsächlich, die in Nürnberg so wohlthuend anregt; nicht zu vergessen

die vielen Madonnen- und Heiligenbilder unter Schirmdächern an den Ecken
der Häuser und die in manche Häuser eingelassenen Reliefs, Alles meist
Steinskulpturen, welche auf zweifellosen künstlerischen Werth Anspruch zu
machen berechtigt sind und zur Herstellung eines imponirenden Gesammt-
bildes so wesentliche Beiträge liefern.

Malereien am Aeusseren der Häuser waren in dieser Periode etwas Sel-
tenes, obgleich sie für Bauten schon angewendet wurden. So hat sogar
Wohlgemuth am schönen Brunnen mit gemalt, das Rathhaus war 1343
schon bemalt und diese Malereien renovirte 1521 Georg Penez so, dass sie
heute noch durchschimmern, ebenso war die dem Markt zugekehrte Seite
des Hauses S. Nr. 875. mit Malereien bedeckt. Häufiger brachte dieselben
das siebenzehnte und achtzehnte Jahrhundert, aus welcher Zeit noch heut
zu Tage ganze Bilder und Ueberreste an verschiedenen Häusern zu sehen
sind, das Gewerbe darstellend, allegorische Figuren, hie und da auch Sprüche
enthaltend.

Mit dem siebenzehnten Jahrhundert erschien der schon im sechszehnten
Jahrhundert hie und da eingemischte italienische Baustyl in seiner Rein-
heit und setzte sich bis zu Ende des achtzehnten in allen Nüancirungen, den
Perückenstyl mit eingerechnet, fort. Das Peller'sche Haus, die Fronte des
Rathhauses, das Gymnasium, die Egydienkirche, das Innere der Spitalkirche,
die Deutsch-Ordenskirche, u. a. dgl. mögen hier als Beispiele gelten.

Das neunzehnte Jahrhundert zerfällt bis zu unserer Gegenwart herauf
hinsichtlich der Bauten in zwei Richtungen. Die eine läuft dem Modernen,
von den älteren Baustylen ganz Abweichenden entgegen, dessen Hauptmerk-
male in dem Linearen, Geraden liegen möchten und das eine bequeme Wohn-
lichkeit und Geschäftszweckmässigkeit in sich vereinigt, die andere versucht
es, zu dem mittelalterlichen, altdeutschen (gothischen) Style zurückzukehren,
das sich jedoch mehr an die äusseren Formen des Styles hält, ohne das
Comfort und die Bestimmung des Gebäudes in Bezug auf die innere räum-
liche Eintheilung aus den Augen zu verlieren. Dieses Zurückkehren zu dem
Alten wird in vielen Fällen bis zum Lächerlichen eingehalten, so dass selbst
die kleinsten Auslegekästchen gothische Schnörkelchen erhalten, im Grossen
angewendet aber zeigt es öfter die Mängel, die allem Nachgebildeten mehr
oder weniger ankleben. Mit den neuen gothischen Bauten im Gegenhalt zu

den alten verhält es sich wie mit den neuen gothischen Schriftzügen im Vergleich mit alten. Geist und Gemüth schufen im Mittelalter die Formen zu ihren Gedanken und Gefühlen, und diese waren im Mittelalter unbestritten anders als die der Jetztzeit. Es gibt allerdings auch in unseren Tagen noch Individualitäten, die in tiefinnerstem Verständniss mit den Werken des Mittelalters stehend, dieselben auch jetzt wieder in gelungenen Nachbildungen hervorzubringen vermögen, und hier dürfte gewiss Herr Conservator und Professor Karl Heideloff genannt werden, allein dergleichen Individualitäten sind nicht in grosser Zahl vorhanden, und diese werden gewiss mit uns der Ansicht seyn, dass ein Gebände mit gothischen Motiven und Ornamenten desshalb noch nicht dem Typus sich nähert, den die in dem gothischen Style aufgeführten Bauten des Mittelalters so treu bewahren.

Um das Gesagte durch einige Nachweise zu grösserer Deutlichkeit zu bringen, sey uns gestattet, einige Gebäude anzuführen, an denen sich beide Richtungen erkennen lassen. Für moderne Häuser des neunzehnten Jahrhunderts gelten unter andern: das Museum, das Bestelmeier'sche Haus, das Theater, das Kalb'sche, das v. Tucher'sche, das Beckh'sche, das Fuchs'sche, das Monath'sche, das Mayer'sche, das Toussaint'sche, das Gebhard'sche Haus, die neue Mühle. Für solche Gebäude, die nach gothischen Mustern in der Neuzeit aufgeführt sind, dürfen genannt werden: die neuen Pfarrhöfe zu St. Sebald und St. Lorenz, die Handelsgewerbschule, das Postgebäude, der Bahnhof vor dem Frauenthor, das Hospital, der fränkische Hof, das Klett'-sche, das Platner'sche, das v. Schwarz'sche Haus.

Die Chörchen an vielen Häusern, die am häufigsten in der Adler- und Karolinenstrasse gefunden werden, haben mehr oder weniger vollkommen ausgeprägt den verschnörkelten, bauchigen Perückenstyl, der öfter zu den übrigen Formstellungen der Gebäude gar nicht passt, ganz contrastirend aber von dem Grundcharakter der Stadt absticht, und eben desshalb der Meinung Raum lässt, dass viele dieser Chörlein später als die Häuser, an denen sie angebracht, entstanden sind, in der Zeit nämlich, wo die Architektur, so wie alle Zweige der Kunst dem Verfalle zueilten. Diess geschah vom siebenzehnten Jahrhundert an bis in das neunzehnte Jahrhundert herein, wo verdorbener Geschmack und Indifferentismus Hand in Hand alle besseren Ueberbleibsel der Vorzeit verdrängten und um Geldgewinn an Alle abliessen, die darnach suchten. Dass aber schon weit früher solche Chörlein vorhanden waren, beweisen die in reinem gothischen Style konstruirten, die noch aus der Blüthezeit der altdeutschen Baukunst stammen. Dass die übrigen früher gleichfalls gothischen Styls gewesen und später, vielleicht schadhaft geworden, durch die jetzt noch vorhandenen ersetzt worden seyen, ist eine gänzlich unwahrscheinliche, nicht zu rechtfertigende Vermuthung, die als solche immer isolirt stehen wird. Die Chörchen sind ohne Zweifel ein Resultat der beliebten menschlichen Nachahmungssucht. Irgend ein Hausbesitzer hatte die Annehmlichkeit eines solchen Chörleins erkannt und sich es bauen lassen, der Nachbar kam und sah das liebe Plätzchen, und da war auch bald an seinem Hause eines fertig. Auf diese Weise verbreiteten sie sich weiter und immer weiter bis zu ihrer aktuellen Anzahl.

In der That, der Aufenthalt in diesen Chörchen, die Aussicht nach drei Seiten bei geschlossenen Fenstern, die Uebersicht des Zimmers mit der meistens in solchen Wohnungen, worin sich Chörchen befinden, Statt habenden schöneren und reicheren Einrichtung, gewährt einen eigenthümlichen Reiz. Dorthin führt auch in der Regel die Hausfrau ihre Freundinnen zur traulichen Unterhaltung, dort gestaltet sich, wie schon einmal bemerkt, der kleine Raum zum liebsten Plätzchen im ganzen Hause, der die theuersten Familienerinnerungen umschliesst.

Von sämmtlichen Gasthöfen Nürnberg's haben nur das rothe Ross, die blaue Glocke und das Lamm Chörlein, wesshalb auch der grössere Theil der hier durchreisenden Fremden keinen Begriff von der Annehmlichkeit dieser Häuserzuthaten bekommt, die im Leben der Nürnberger einen spezifischen Haltpunkt ausmachen. Jedoch ist dieser Haltpunkt mehr in dem Sozialismus der wohlhabenden Bourgeoisie, der Kaufmannschaft und der Patrizier befestigt, wesshalb auch in Grübel's Gedichten, der doch das Leben der Nürnberger unteren Stände bis auf die kleinsten Nuancen in dem Idiome der Stadt besungen hat, keine Erwähnung dieser Chörchen vorkommt, eine von einem tüchtigen Noriker gemachte Bemerkung, die jedenfalls eine gebührende Berücksichtigung verdient.

Die Zahl der in vorliegender Sammlung nach der genauesten Original-Aufnahme durch die Lithographie getreu wiedergegebenen Chörchen beläuft sich auf 24; und es ist bei ihrer Auswahl sowohl auf historische Bedeutsamkeit, als auch auf künstlerische Werthstellung Bedacht genommen worden, so dass bei den meisten der in der Sammlung enthaltenen ein weit höheres Alter nachgewiesen werden kann, als jene ansprechen dürfen, die von dem unschönen Geschmacke des Perückenstyls, der sich leider auch in Nürnberg einzudrängen gewusst hat, ausgeführt wurden.

Wir beginnen mit:

1. Das Chörlein am ältesten Theile des Rathhauses.

Bei der Vergrösserung Nürnberg's hatte auch das reichsfreistädtische Regiment, der Senat, für seine Gesammtwirksamkeit ein dem Zwecke mehr entsprechendes, grössere Räumlichkeiten fassendes Rathhaus nöthig. Das schon im dreizehnten Jahrhundert an der Stelle, wo jetzt das Harsdörferische Haus steht, befindliche Rathhaus, das, im Jahre 1570 gänzlich baufällig geworden, abgetragen wurde, verliess der Senat und zog in das vom Jahr 1332 — 1340 von Philipp Gross erbaute über. Das neue Rathhaus, das 1521 — 1522 durch Hans Behaim eine bequemere Einrichtung erhielt, stand auf dem Platze des jetzigen, war indess zweimal kleiner, und bestand eigentlich aus drei Häusern neben einander, und das Eckhaus hatte die Gestalt in den Hauptumrissen, wie der gegen die Rathhausgasse gekehrte Theil, der dort gleichfalls das Eck bildet. Man erkennt noch deutlich daran die Spuren alter Malereien (1340), welche 1521 renovirt wurden. Ganz conform mit dem in Absätzen emporstrebenden Giebel und den Spitzbogenfenstern, wie man sie an gothischen Kirchen gewahrt, steht das Chörlein in der Mitte der Fronte als eine würdige architektonische Zuthat zu dem imponirenden Gebäude, die sich auch im Innern des grossen prächtigen Saales mit seiner schönen Deckenwölbung von Behaim und den berühmten Wandgemälden von Albrecht Dürer sehr vortheilhaft geltend macht. Die ganze Struktur des Chörleins weist sein gemeinsames Entstehen mit dem Rathhause selbst nach, es ist, wenn man so sagen kann, aus einem Gusse mit ihm und trägt den Charakter der Bauten des vierzehnten Jahrhunderts in ganz unverkennlicher Weise. Ohne besondere Ornamente hat es eher derbe, als zierliche Formen und tritt mit seinen drei Seiten und eben so vielen schmalen Fenstern, in welchen sich gemalte Wappen von Hirschvogel befinden, mit seinem einfachen Untersatze und einer über das steinerne Dächlein emporragenden Spitze nur wenig aus der Fronte heraus, so dass das Chörlein etwas platt gedrückt erscheint. Durch die Länge der Zeit hat der Stein gelitten, und die Umrisse der einzelnen Theile sind desshalb auch stumpf geworden.

2. Das Chörlein im kleinen Hofe des Rathhauses.

Neben dem ältesten Theil des Rathhauses steht auf der unregelmässigen Hinterfronte ein zweites Gebäude, zu welchem ein Querstein hinübergefügt ist, im Munde des Volkes als Rathsherrngalgen benannt, obgleich nichts Urkundliches vorliegt, was auf eine derartige Bestimmung dieses Steines deutet, der ohne Zweifel blos ein Bindstein ist, wie er an früheren Gebäuden öfter vorkommt. Alles an diesem etwas mehr in die Gasse hervortretenden Gebäude weist auf eine spätere Periode seiner Entstehung hin, als die des älteren Theils des Rathhauses. Die zierlichen gothischen Ornamente hinter niedlichen Säulchen, die oben durch kleine Rundbogen verbunden sind, die gleiche Steinart des nebenstehenden zum Rathhause gehörigen Baues lassen zuverlässig annehmen, dass es zu Anfang des sechszehnten Jahrhunderts erbaut worden sey. In den kleinen Hof gelangt man durch zwei Rundbogenthore und ein Tonnengewölbe, in welchem Höfchen unter anderen interessanten Gegenständen der Architektur und Ornamentik des Mittelalters, namentlich das schöne Stiegenhaus mit dem Aufgange zu dem grossen Rathhaussaale und das fragliche Chörlein auffallen. Dasselbe ruht auf einem der Thorbögen mit seinen Gesimsen und hat eine vierseitige Gestalt, deren vordere Seite durch eine gewundene sich oben etwas verjüngende, unten mit einem zierlichen Knaufe endigende Säule in zwei gleiche Theile getheilt ist. Die Wände unter den Fenstern enthalten gothische, rein ausgearbeitete Dessins mit den dem Style eigenthümlichen Abwechslungen. Von den Fenstergesimsen laufen zu beiden Seiten der Fenster und über denselben, wie Rahmenverzierungen, gothische Zierathen hin. Das Malerische dieses ungemein schön gestalteten Chörleins wird durch die runden in Blei gefassten Fensterscheibchen, die in der Vorzeit durchweg gang und gäbe waren, noch erhöht.

—»»≻⊙∺⊙≺⊀⊀—

3. 4. 5. Die drei Chörlein am Sebalder Pfarrhof.

Der Sebalder Pfarrhof, der älteste in Nürnberg, stand schon 1318. Im Jahre 1361 brannte derselbe ab. Wie einige Nachrichten wollen, war das Feuer durch Unvorsichtigkeit beim Erwärmen des Taufwassers für die Taufe des Prinzen Wenzeslaus ausgekommen, der, wenn diess sich so verhält, schon 15 Jahre darauf als Kaiser nach Nürnberg gekommen ist. Ein und ein halbes Jahrhundert blieb der Pfarrhof nach jenem Brande ein unansehnliches bretternes Gebäude, worauf denselben 1513—1515 der Probst der Sebaldskirche, Melchior Pfinzing, derselbe, der den von Kaiser Maximilian geschriebenen „Tewrdannkh“ (Theuerdank) überarbeitete, wieder aufbaute, wie er gegenwärtig steht. Dass das gegen Morgen sich wendende Chörlein aus dem vierzehnten Jahrhundert stamme, also bei dem Brande erhalten worden sey, welches Schicksal ja auch (freilich auf andere Weise) das Chörlein am Lorenzer Pfarrhof gehabt, dafür spricht die gesammte Struktur desselben, dafür zeugen die deutlichen Spuren an den durch das Alter stumpf gewordenen plastischen Arbeiten und an einzelnen Verzierungen. Dieses Chörlein darf jedenfalls zu den besten Ueberbleibseln aus der Blüthezeit gothischer Architektur, deren Nürnberg so viele enthält, gerühmt werden. Seine mit Rosen und Blättern ornirten Gesimse ruhen auf einem siebenseitigen, mit den Zeichnungen des Ganzen in Uebereinstimmung gesetzten Pfeiler, der neben der Stützfähigkeit eine Zierde des Chörleins ist. An den sieben Seitenflächen des Pfeilers befinden sich Nischen, in denen früher vielleicht Statuen zu sehen waren. Die fünf Fenster des Chörleins haben Spitzbogen und oben die dem gothischen Style eigenthümlichen abwechselnden Dessins, zu beiden Seiten jedes solchen Bogens Engel mit sogenannten fliegenden Zetteln (en relief). Ausser den runden in Blei gefassten Scheibchen enthalten die Fenster Glasmalereien von Hirschvogel, Wappen der Dilherr, Toppler, Pfinzing, Grundherr, Thumherr, das Stadtwappen, das Probsteiwappen, Melchior Pfinzing (1513), den Evangelist Lukas die Jungfrau Maria malend, Maria mit dem Jesuskinde von zwei Engeln gekrönt. Die in Fialen auslaufenden Pfeilerchen, die zwischen den Fenstern etwas hervortreten, werden von Engeln getragen. In den Wandflächen unter den Fenstern befinden sich unter ornirenden Bedachungen Skulpturen (Reliefs), der Lebensgeschichte der heiligen Jungfrau entnommen, und zwar Mariä Verkündigung, Mariä Empfängniss, die Anbetung der drei morgenländischen Könige, der Tod Maria's, die Vergötterung der heiligen Jungfrau. Unter den fünf Flachbildern sind zierliche Schirmbedachungen angebracht. Ein fünfseitiges, spitzauslaufendes Ziegeldach bedeckt das Chörlein, unter welchem Dache ein Gesimse mit schönen Zierathen hinzieht.

Das zweite Chörlein des Sebalder Pfarrhofes ist der Füll zugekehrt und trägt unten die Jahrzahl 1514, in welcher Zeit es gebaut wurde. Der gothische Styl ist an diesem Chörlein wohl zu bemerken, namentlich an einem gewundenen Säulchen in der Mitte des Hauptfensters, an den Eckpfeilerchen und an den Ornamenten unter den beiden Seitenfenstern, (unter dem Hauptfenster sind die gemalten, in Reliefs ausgeführten Wappen der Probstei Sebald und der Familie Pfinzing angebracht), allein auch der Perückenstyl zeigt sich über den Fenstern an einzelnen Dessins ganz deutlich.

Das dritte ältere Chörlein sieht über den kleinen Hausgarten hinweg nach der Winklerstrasse. Seine Fenster stehen hinter Eisengittern. Die Formen und Verhältnisse bieten, wenn auch nichts besonders Hervorzuhebendes, doch eine passende Beigabe zu dem Pfarrhofe auf dieser Seite. Das einfach Gothische ist an dem ebengenannten Chörlein bestimmter vertreten, als in dem gegen die Füll gewendeten, obgleich beide in derselben Periode entstanden seyn mögen.

-⊷⊷⊷⊙⊛⊱⊰⊰-

6. 7. Die beiden Chörlein am Lorenzer Pfarrhof.

———

Der Lorenzer Pfarrhof, obgleich viel jünger als der Sebalder, war längere Zeit seiner Bestimmung gänzlich entzogen und an mehrere Gewerbleute vermiethet, die das Gebäude seinem völligen Ruin entgegenführten, so dass es endlich verkauft werden sollte. Der jetzt regierende König von Bayern wollte jedoch den Pfarrhof der Kirche erhalten wissen und gab den Befehl, denselben in passendem Style wieder herzustellen. Die Kirchenverwaltung kaufte ein früher zum Pfarrhofe gehöriges Gebäude wieder, und Karl Heideloff entwarf einen Plan, wonach der Bau geführt wurde, der jetzt noch nicht ganz vollendet ist. Der Plan hielt sich streng an den gothischen Styl, und was von dem alten Pfarrhofe als noch tauglich benutzt werden konnte, das fand an und in dem neuen seine Stelle. Anderes wurde anderen vorhandenen Mustern entnommen, so die Fenster des mittleren Baues im Parterre; die Spitzbogenfenster an beiden Flügeln finden sich an den Thürmen der Lorenzkirche, das Hauptportal ist dem am hinteren alten Rathhause nachgebildet. So wurde Altes aufgesucht, was der Erbauungszeit des alten Pfarrhofes entsprach und es ist Schade, dass ein gothischer, nach der alten Schau gezeichneter Aufsatz am Mittelbau nicht zur Ausführung kam. Ein altes Gemälde auf Kalk, die Hussitenschlacht bei Aussig 1426 vorstellend, ist ebenfalls im Innern des Pfarrhofes wieder hergestellt. Was aber dem Gebäude zur besonderen Zierde gereicht, das ist die Erhaltung und Ergänzung der beiden Chörlein im Geiste ihrer Erbauer nach der ursprünglichen Formstellung. Der Chor am Mittelbau wurde von Konrad Kühnhofer, Plebanus und Rektor zu St. Lorenz, 1439 aufgeführt; er trägt an seinem Pfeiler und unter den Fenstern einfache gothische Ornamente, ist dagegen an den Fensterpfeilerchen und Fensterbogen reicher ornirt und hat auf seinem Dache ein ganz schönes malerisches Thürmchen. Unter jedem der sechs Pfeiler, die das Chörlein in fünf Abtheilungen bringen, sind beflügelte Engel, welche Wappenschilde halten, angebracht; diese Wappen waren früher bemalt. Das erste rechts stellt das Wappen des Bischofs von Brunn vor, das darauf folgende das des Bischofs Lambert von Brunn, des ersteren Oheims, das dritte das des Bischofs Albert von Werthheim, das vierte das des Bischofs Friedrich von Aufsees, das fünfte das des Churfürsten Friedrich I., das sechste ist endlich Kühnhofer's Wappen, welchen Gelehrten alle Fakultäten zum Doktor ereirt hatten und dessen Gelehrsamkeit bei Fürsten und Herren viel galt. Er war der Verschönerer des Pfarrhofs und der Kirche St. Lorenz und hinterliess nach seinem Tode (1452) ein grosses Vermögen, das zu mannigfachen wohlthätigen Zwecken, wie es sein letzter Wille war, verwendet wurde. Das Chörlein am rechten Flügel baute Lorenz Tucher im Jahre 1480. Es ist einfach in seiner Formstellung, aber ganz stylgerecht und enthält unter den viereckigen Fenstern sehr hübsche gothische Dessins. An der einen von den Nebenseiten ist das Tucher'sche Familienwappen, an der andern das Wappenschild der Lorenzer Pfarrei, ein Rost, angebracht. Während vor Zeiten der Pfarrhof theilweise nur von Holz aufgeführt war, besteht derselbe gegenwärtig aus Sandsteinquadern.

◦→➤➤◦●◦◦◦◦◦◦←◦

8. Das Chörlein am Nassauer Haus.

Ein Schmuck gothischer Baudenkmale Nürnberg's darf ohne allen Zweifel das sogenannte Nassauer Haus genannt werden, dessen Entstehung aller Wahrscheinlichkeit nach in das vierzehnte Jahrhundert fällt. Die Beziehung, in welcher dieses Haus zu dem Geschlechte der Nassauer gebracht wurde, dürfte in's Bereich der Sagen verwiesen werden, und das steinerne Standbild am Brunnen des Hauses, das laut der lateinischen Inschrift den Kaiser Adolph von Nassau vorstellt, der den einen Thurm der Lorenzer Kirche erbaut haben soll, ist und bleibt ein todtes Zeugniss, das erst die Neuzeit in der plastischen Steinfügung ablegen zu müssen meinte. Statt dieser beliebten Konjektur lässt sich in Wahrheit ermitteln, dass das Haus von dem Geschlechte der Schlüsselfelder erbaut worden ist, deren Wappen sich an und im Hause mehreremal vorfindet; auch die Schlüsselfelderischen Familien-

stiftungen werden im Hause verwaltet, und in dem Gemache mit dem Chörlein hängt eine ganze Gallerie von Porträten der Schlüsselfelder, deren letzter 1708 gestorben ist, nach welchem die Kressische Familie in den Besitz
der Schlüsselfelderischen Hinterlassenschaft kam. Eine sehr charakteristische
Verschönerung des Aeusseren vom Hause ist das völlig gut erhaltene Chörlein, dessen plastische Bilder und architektonische Verhältnisse und Verzierungen in Uebereinstimmung mit den Eckthürmchen und der Gallerie am
Dachfriese auf seine Entstehung hinweisen. Die Untersätze, deren einer
schöne Ornamente hat, werden gleichsam von einem Löwenkopfe getragen,
und der eigentliche Körper des fünfseitigen Chörleins ruht auf dem Rücken
geflügelter Engel, über denen sich dann zwischen Pfeilern, die in Spitzen
mit Knäufen auslaufen, Reliefs aus der biblischen Geschichte, (u. a. Chri-
stus am Kreuz, Mariä Verkündigung), und die mit runden Scheibchen ver-
sehenen gothisch ornirten Fenster erheben. Die steinerne Bedachung, auf
die ein reich verziertes Thürmchen aufgesetzt ist, verdeckt eine zinnenförmig
konstruirte kleine Gallerie, welche den günstigen Totaleindruck auf den Beschauer kräftig unterstützt.

---

9. Das Chörlein in der Sebaldkirche.

Es ist fast nicht zu vermuthen, dass dieses Chörlein, das zur Seite der
Brautthüre einen grossen Theil der Kirche übersehen lässt, später als der
Chor gegen Morgen, (1361—1377) wie Einige behaupten, entstanden ist;
höchst wahrscheinlich ist es zugleich mit dem Chore erbaut worden und war
für die geistlichen Herren bestimmt, welche dem Gottesdienste ausser ihrer
Funktion beiwohnen wollten. Die ganze Konstruktion des Chörleins verweist
dasselbe in's vierzehnte Jahrhundert, wohin auch das schöne Chörlein des
Sebalder Pfarrhofes gehört, mit dessen Ornamenten an den unteren Gesimsen
das in Rede stehende parallel geht. Einfacher ist der übrige Theil, fünfsei-
tig mit drei vergitterten Fenstern, auf der Bedachung mit einem Knaufe ver-

sehen. Durch den Anstrich, den die Kirche leider erhalten hat, sind auch die Umrisse der Verzierungen an dem Chörchen, die ausserdem sehr gut erhalten wären, unbestimmter und unreiner geworden.

---

10. Die Chörlein am Glosnerischen Hause L. Nr. 306. in der Adlerstrasse.

Dieses Privathaus ist im Jahre 1600 erbaut, und es lässt sich daran ganz unzweifelhaft erkennen, wie weit man im siebenzehnten Jahrhundert von der Reinheit des Baustyls sich geflissentlich entfernte und verschiedene Style confundirte. Zwischen gothische und byzantinische Motive drängt sich an diesem nichts desto weniger den Blick fesselnden Hause schon recht breit das sogenannte Zopfige hinein, das namentlich am Portale und an den drei übereinanderstehenden Chörlein bemerkt werden kann. Die drei Chörlein haben zwar noch gute gothische Verzierungen an den Flächen unter den Fenstern, allein die übrigen Formstellungen, das Auswählen von Säulchen, welche im Dreiecke auslaufende Giebelchen tragen u. dgl., gehören jener Periode, die mit dem Mittelalter in keiner Gemeinschaft mehr stehen wollte und für ihre Bauten den prunkvollen Namen „Renaissance-Styl" wählte.

---

11. 12. Die Chörlein am Hause S. Nr. 631. der unteren Söldnersgasse.

Einigermassen bauverwandt mit dem Hause L. Nr. 306 der Adlerstrasse möchte das im Jahre 1590, also zehn Jahre früher erbaute Privathaus in der unteren Söldnersgasse genannt werden dürfen, wenn auch an letzterem das „Zopfige" eine noch untergeordnete Rolle spielt. Auf der dem Panierplatze zugekehrten Seite mit dem aufsteigenden, durch dünne Säulen geschmückten Giebel befinden sich drei übereinander stehende Chörlein, deren jedes drei Fensterstöcke enthält. Unter allen diesen Fenstern sind die Wandflächen mit der gothischen Ornamentik entnommenen Zierathen versehen, welche einen wohlthuenden Wechsel ihrer Formen bieten. Das unterste dieser drei Chörlein ruht mit seinen Gesimsen auf einem einfachen Pfeiler. Das vierte Chörlein dieses Hauses gegen die untere Söldnersgasse befindet sich dicht unter dem Erker des Daches, und blickt noch so ziemlich ausdrucksvoll in's Gothische hinein, wenn es demselben auch nicht mehr in allen seinen Theilen angehört; es ziehen sich auch noch ausser den gothischen Verzierungen unter den Fenstern, dergleichen über denselben hin, und zwar solche, die den besseren Mustern des Mittelalters nachgebildet sind.

---

13. Das Chörlein an dem Hause S. Nr. 733. der Paniergasse.

Dieses Haus liegt in dem Theile der Stadt, der füglich für den ältesten Nürnberg's gelten darf, und obwohl mannichfache Veränderungen darin vorgenommen worden sind, so zeigen doch viele Ueberreste, vermauerte Thüren und Fenster mit Spitzbogen, mit Eisen beschlagene Thürflügel, eichenes Bretter- und Balkenwerk, namentlich starke gothisch geformte hölzerne Pfosten, Kreuzgewölbe, Kachelöfen und das Fachwerk der oberen Etagen, so wie andere Merkmale, dass dieses gegenwärtig aus drei Häusern bestehende Gebäude auch zu den ältesten der Stadt gehört. Auf den jetzigen Besitzer ging es von mehreren Patrizierfamilien, welche gemeinschaftliche Ansprüche darauf hatten, durch Kauf über. Das eine noch vorhandene Chörlein, (ein zweites wurde abgebrochen) weist sehr einfache gothische Formen auf, die über den Fenstern der Vorderseite eine der Zeit ihrer Entstehung sehr entsprechende Zeichnung enthalten.

14. Das Chörlein am Dötschmannsplatz S. Nr. 904.

Das Haus, woran sich dieses Chörlein vorfindet, hat ein unscheinbares Aeusseres und dürfte nur des Chörcheus wegen von Solchen bemerkt werden, welche Geschmack und Sinn für altdeutsche Architektur-Stücke haben. Wenn auch nicht von sehr hohem Alter, deuten doch die exakten Verhältnisse auf eine Epoche, in welcher der Styl noch ganz unverfälscht aus der gemüthlich rührigen Wirksamkeit deutscher Bauhütten herauswuchs. Der Nachbildung würdig sind die Figuren an den Wänden unter den Fenstern, zwei Kreise mit gothischen Verschlingungen ausgefüllt. Unbedeutender sind die Zierathen der beiden Seitenflächen des Chörleins.

15. Das Chörlein im Prechtelsgässchen S. Nr. 925.

Dieses Chörlein gehört ohnstreitig mit zu den ältesten in der Stadt und dürfte sonach auch für das Alter des nun in ein modernes Gebäude umgewandelten Hauses bürgen, bei welcher Umwandlung nicht unmöglich auch das Chörlein bedacht worden seyn mag. Von allen den zierlichen gothischen Ornamenten, wie sie sich an anderen Bauten des vierzehnten, fünfzehnten, sechszehnten und theilweise auch noch des siebenzehnten Jahrhunderts vorfinden, hat das Chörlein nichts aufzuweisen, und doch liegt in diesen nur rohen Andeutungen mittelalterlicher Baugestaltungen unter den Fenstern, die sich dem Spitzbogen anschliessen, in den eigenthümlichen Einbiegungen an den Wandkanten zwischen den Fenstern, in den Untergesimsformen und der alten steinernen Bedachung etwas ungewöhnlich Ansprechendes. Es ist oben von einer möglichen Umwandlung des Chörleins die Rede gewesen, die sich vielleicht auf die Vergrösserung des Mittelfensters reduziren lassen möchte.

Ursprünglich könnten drei schmale Fenster, wovon das mittlere das höhere gewesen, statt des jetzigen einen bestanden haben, welche drei Fenster mit den drei Nischen unter denselben correspondirt hätten.

16. Das Chörlein in der Judengasse S. Nr. 931.

Von den in dieser Sammlung aufgenommenen Chörlein ist das ebengenannte eines der kleinsten, dessen Verzierungen unter den Fenstern schon nicht mehr ganz rein sind, um dem gothischen Style besserer Zeit sich anreihen zu dürfen. Im Uebrigen ist auch die ganze Gestalt dieses etwas gedrückten Chörleins nichts weniger als bedeutend.

17. Die Chörlein am Hause S. Nr. 1199., am Eck der Neuengasse.

Dem Röhrbrünnlein, bei welchem die Neuegasse und die Tucherstrasse zusammentreffen, gegenüber steht der schmale Giebel eines Hauses, das die Zeit seiner Entstehung, das Ende des sechszehnten Jahrhunderts, nicht verleugnen kann. Der Zopf hängt bereits am Kopfe dieses Hauses, aber an der schmalen Fronte desselben sind zwei übereinander stehende Chörlein angebaut, deren Formen und Verhältnisse bis auf wenige Abweichungen den besseren Mustern gothischer Architektur und Ornamentik nachgebildet sind und in ihrem Zusammenhalte einen Ausschlag gebenden Schmuck des Hauses ausmachen, wie sich denn auch der grössere Theil der Einzelnheiten geltend zu machen vermag. So die wechselnde Zeichnung der Verschlingungen unter den Fenstern, die schmalen Säulchen mit den gewundenen Basen, die dividirenden Gesimse und die Ornamente über den Fenstern des unteren Chörleins, welche mit jenen über den Fenstern des der Söldnersgasse zugewendeten Chörleins am Hause S. Nr. 631. die frappanteste Aehnlichkeit haben, wie sich denn auch an den Unterbauten beider Chörlein ganz ähnliche Ornamente befinden, ein Umstand, welcher der Vermuthung Raum lässt, beide Chörlein möchten von einem und demselben Meister herrühren.

➤➤➤◦◌◍◌◦◄◄◄

18. Das Chörlein am Hause L. Nr. 116. in der Kaiserstrasse.

Auch dieses Chörlein gehört nicht gerade zu den älteren, aber zu den schöneren ohne Einsprache. Die Rahmen und Kehlungen zwischen den Fenstern, die Säulchen, die aus ihren hübschen Basen schlank emporstreben, auch die Ornamente unter den Fenstergesimsen, das Genannte Alles zeugt von dem Festhalten des Erbauers am Geschmacke der altdeutschen Baukunst, wiewohl auch daran das Zopfige, freilich nur untergeordnet zu sehen ist. So wird z. B. das ganze Chörlein von einem dem Perückenstyl nachgeformten Stützstein getragen.

➤➤➤◦◌◍◌◦◄◄◄

19. Das Chörlein an dem Hause S. Nr. 906. am Obstmarkt.

Jedenfalls zu den besseren architektonischen Ueberbleibseln aus der guten Epoche des sechszehnten Jahrhunderts gehört das oben genannte Chörlein, dessen Gesammt - Struktur den vortheilhaftesten Eindruck auf den Beschauer übt. Da ist jedes Gesimse, jedes Fialchen, jede auch die kleinste ornirende Zuthat in der wohlverstandensten Verbindung. Mannichfaltigkeit ohne Ueberhäufung, Correktheit, Festigkeit ohne das Zierliche ausser Acht gelassen zu haben, scheint das Chörlein von einem Meister entworfen, der mit treuestem Gemüthe der gothischen Baukunst Jünger gewesen und von Arbeitern ausgeführt, die in den Geist des Meisters eingedrungen sind.

➤➤➤◦◌◍◌◦◄◄◄

20. Das Chörlein an dem Hause S. Nr. 984. am Obstmarkt.

Dem vorigen gegenüber ruht über einem Bogen in der Winkelöffnung, welche zwei Häuser mit einander bilden, ein Chörlein, dessen Anfangsbestand ebenfalls dem sechszehnten Jahrhundert angehört. Es ist noch sehr gut erhalten und verdient es, dass für seine Erhaltung auch ferner gesorgt werde. Seine Construktion ist von der Art, dass es dem Auge nur zwei Seiten bieten kann, die jedoch gerade eine recht malerische Ansicht bewerkstelligen. Das Vorherrschende an dem Chörlein ist zwar das Lineare, allein die unter den Fenstern angewendeten einfach ornirten Spitzbogen - Dessins, so wie die über den Fenstern angebrachten etwas massigen, an gothischen Gebänden oft wiederkehrenden Zierathen, die auch das Chörlein vis à vis enthält, mildern den steifen Ausdruck, den sich kreuzende gerade Linien, ohne dazwischen liegende Curven immer hervorbringen müssen. Die unter dem Bogen, worauf das Chörlein steht, vorhandene Nische ist durch einen Bretterverschlag vermacht, an welchem ganz passende theilweise mit denen des Chörleins correspondirende altdeutsche Ornamente aus der Neuzeit eine gute Wirkung thun.

---

21. Die Chöre am Schulgebäude der Katholiken nächst der Lorenzkirche.

Die immer grösser werdende katholische Gemeinde hatte auch im Verlaufe ihres Wachsthums ein zur Kinderzahl im Verhältniss stehendes Schulgebäude nöthig, wesshalb das jetzige früher einem Kaufmann gehörige Privathaus zu diesem Zwecke angekauft wurde. An diesem Gebäude befinden sich grosse übereinander stehende Chöre, welche dasselbe zieren und zugleich Zeugniss sind, dass dieses Hauses Aufbau in das sechszehnte Jahrhundert fällt. Sie ruhen auf festen bogenartig gestalteten Unterlagen, haben viereckige, zwischen Pfeilern, die von dem untersten Gesimse bis beinahe zum Dachfriese hinaufgeführt sind, eingereihte Fenster, unter deren jedem abwechselnde Dessins gothischen Abkommens sich befinden. In den Ecken unter den beiden Fenstern des oberen Chores findet sich eine nicht undeutliche Annäherung an den Perückenstyl.

⟶⟶⟶⟶⟶⟶⟶⟶⟶

22. Das Chörlein am Hause L. Nr. 823. der Frauenthorstrasse, (Königsstrasse).

Ueber den Fenstern des Chörleins ist die Jahreszahl 1522 zu lesen, welche offenbar die Zeit der Erbauung bezeichnet. Die Ornamente, welche die Gebäude aus dieser Epoche als charakterisirende Merkmale an sich tragen, sind an diesem auf die einfachsten Formen reducirten Chörlein nicht zu finden, und doch spricht aus dieser Einfachheit der Construktion nicht weniger die Aechtheit, als wenn viele ornirende Zuthaten daran zu sehen wären. Etwas der damaligen Zeit Eigenthümliches weist das Chörlein übrigens doch auf, nämlich zwei gemalte mit Gold aufgesetzte Wappen in Rondellen unter den Fenstern der Vorderwandfläche, in dem einen Schild eine Wasserjungfer, in dem andern unter einem gebrochenen Balken eine Glocke, über denselben zwei Sterne darstellend. Das Haus gehörte vor Zeiten einem Glockengiesser zu Glockenhof, Namens Konrad Rosenhart, aus welchem Umstande die Wappen wahrscheinlich zu erklären sind.

⟶⟶⟶⟶⟶⟶⟶⟶⟶

23. Das Chörlein am Hause S. Nr. 13. nächst dem Hauptmarkt.

Dem schönen Brunnen gegenüber steht das Haus, an welchem das kleine Chörlein zu sehen ist, das seinen in's Zopfige fallenden Ornamenten nach zu schliessen und dem Material, woraus es besteht, nach, nämlich aus

Holz, während die ältern in Stein ausgeführt sind, in's siebenzehnte Jahrhundert fallen möchte. Die nach gothischen Mustern gewählten Verzierungen unter den Fenstern entfernen sich schon sehr merklich von jenen Dessins, wie wir sie an Architektur-Werken aus den besseren Perioden des Mittelalters gewahren.

24. Das Chörlein an dem Hause L. Nr. 167. in der Ober-Wöhrdstrasse.

Den Schluss dieser Sammlung bildet ein Chörlein, an dem der Styl der meisten Chörlein in Nürnberg ausgeprägt ist, jedoch gehört es offenbar zu den besseren derartigen Produkten aus einer Zeit, wo das Zopfige die volle Oberhand hatte. Von der reinen gothischen Ornamentik ist keine Spur mehr vorhanden, man müsste sie denn in den geraden Linien der Gesimse und Fensterrahmen erkennen wollen. Dagegen finden sich daran alle jenen karrikirten Larven, jene festonnirten Pfeilerchen und unbestimmbaren Säulchen, Urnenfiguren und bauchichen Schnörkeln an den Unterlagern, die dem Perückengeschmacke so eigen sind. Der bemalte und mit Vergoldungen versehene Doppeladler unter der Krone in einer separaten Einfassung unter dem Fenster der Vorderseite ist ohne Zweifel der Ausdruck stolzen Selbstgefühls der Erbauer dieses Chörleins über die reichsfreistädtische Unmittelbarkeit, welcher Nürnberg in den Zeiten seiner Blüthe sein Glück, in den Zeiten seines Verfalls aber sein Unglück zu danken hatte, von welchem es die Neuzeit, Dank seinem rüstigen Streben nach materiellen Interessen, zu befreien wissen wird.

Am alten Theil des Rathhauses

Im Rathhaus-Hofe.

Haupt-Chor am   Sebalder Pfarrhof.

Am Sebalder Pfarrhof
2ter Chor.

Am Sebalder Pfarrhof
3tes Chörlein.

Am Lorenzer- Pfarrhof
jr   Chor.

Am Lorenzer Pfarrhof
2^r Chor.

Am Haſſauer-Haus

In der Sebaldus-Kirche.

Nürnberg.

1600

In der Adlerstraſſe No. 306.

1500

Am Eckhaus der Söldnersgasse, (1. Chor.)

Am Eckhaus der Söldnersgasse.
2r Chor.

In der Paniergasse S. 733.

Nürnberg

Am Dötschmannsplatz.

Im Prechtelsgäßlein, S 925.

In der Judengaſſe.

Am Eck der neuen Gasse S. 1199.

In der Kaiſerſtraſſe № 116.

Am Obstmarkt S. 906.

Am Obstmarkt S. 984.

Am Lorenzerplatz.

In der Frauenthor - Straſſe.

Am Hauptmarkt N.º 13.

Oberwöhrd N.° 167.